시는
망했다

시는 망했다

펴 낸 날 2023년 3월 3일

지 은 이 김영환
펴 낸 이 이기성
편집팀장 이윤숙
기획편집 윤가영, 이지희, 서해주
표지디자인 이윤숙
책임마케팅 강보현, 김성욱
펴 낸 곳 도서출판 생각나눔
출판등록 제 2018-000288호
주   소 서울 마포구 잔다리로7안길 22, 태성빌딩 3층
전   화 02-325-5100
팩   스 02-325-5101
홈페이지 www.생각나눔.kr
이 메 일 bookmain@think-book.com

• 책값은 표지 뒷면에 표기되어있습니다.
  ISBN 979-11-7048-534-6 (03810)

시는
망했다

김영환 여덟 번째 시집

당신의 일상과 속내를 염탐한 기록물

생각나눔

서문_ 사과문

요즘 한 끼 사 자시려면
돈 만 원은 거뜬히 들지요.
먹기까지는 한 시간쯤 들려나요.

그랬으면 합니다.

별러서 하는 게 아니라
때 되어서 끼니를 챙기듯
때때로 찾아오는 삶의 허기를
산문 국물에 시어 건더기를 말은
저잣거리 시 산문 국밥을 자시고는
투가리 치켜 물고 입가를 쓰윽 훔치듯
뒤표지를 손바닥으로 터억 덮을 수만
있다면야 감사할 따름이죠.

근 사십 년간 냉기 서린 이공계 용어만으로

발명을 코디하는 명세서 작업만을 했기에

곰살맞고 명랑하게 적어낼 능력도

은유니 낯설게 하는 재주도 없어

국에 밥 말 듯 밥에 국 말 듯

허접하게 대접하게 됨에

용서를 구합니다.

수출의 다리 곁에서

지인특허법률사무소

변리사 김영환

차·례

시 모음　　　　　　　　　　　제1부

서평   제2부

일상에서 우려낸 응축의 미학_ 정호

작품

시 모음

다 그럴까마는

칼을 간다는 건
날을 벼리는 수공이지
갈아 닳아 없애는 건 아니지

공부를 한다는 건
경계를 허무는 작업이지
저를 가두는 울타리를 세우고
높이 더 높이 올리는 건 아니지

부부로 산다는 건
몇 달의 살갗 살가움 끝에
도다리의 배와 등 거죽이 되어
이교도의 도반으로 사는 거지

세상살이는

다들 그런 거라네
안 그런 척 지나치는 이도

한번은 긴히 청하여 물어보았네
어찌 그리 평안한 얼굴이냐고
화들짝 놀라더군
그리 보였냐고

예수님 밖에 없습니다

市 시작이자 끝인 경계의
4차선 도로에 임한 교회의
붉은 벽에 내건 플래카드엔
"예수님 밖에 없습니다."
암만 그래야지
이래 추운데 한데 계셔서야
열사의 더운 지대 태생이시라서
변변한 털옷 한 벌도 없으실 텐데
가장 춥고 밤 긴 동짓날 태어나신
주님께서 여즉 추운 바깥에 계시진
않겠지요. 그분께서 데펴 놓은 따뜻한
우리네 마음속에 자리하고 계실 터이지요.

돌산 갓김치

오, 마이 갓!
물구나무로 곧추서서
치마 펼쳐 하늘을 유혹하더니
여수억척 월산댁의 손 매운
주먹 소금 세례에 숨 죽어
너덜너덜 널브러졌구나
염장을 지른 주검에
갖은 양념으로 염을 하고
꽁꽁 싸매 함초롬 입관해서는
출상이 아닌 출하

기대어 밖을 본다

눈길을 멀리 두면

가고 가도 산이고 산이다

자세히 들여다보면

내린 두 산줄기 사이엔

여지없이 마을이 서 있고

비집은 틈새의 양 편으로는

실한 거웃인 양 대궁이 굵은

곡식들이 들판을 채워 자란다

산 가랭이 사이의 옥샘 양수로

곡식들이 영글고 그 곡식으로

마을 식구들이 제 명껏 수하고

셀 수 없을 대를 이어 왔으리니

발원지요 수원지 산이로구려

지리산 공 씨

산은 책이지요
땅은 지면이고
나무는 활자지요

한 해는
봄 기 여름 승 가을 전
겨울 결로 엮는 책 한 권

칠십 평생 철철이
걸망 메고 장화 발로
지면 위 활자 사이를
땀 밴 몸으로 읽었지요

지쳐 고개를 들면
잎 사이의 조각 하늘에
한 생각이 비쳐 났던가

공자도 맹자도
글로 접한 적 없는,
그러나 말 몇 마디로
공자 후손이 역력해지는
오름 끝 내림 첫 집 반산짐승
공 씨 영감님

시는 망했다

무지렁이
무자격자인 내가
무려 여덟 권째라니

판정 시비

그제 정부공인 4급 판정을 받은
홀로 노인 어매집 대문을 나선다
골목을 빠져나와 펼쳐진 팔 차선
건널목이 마침 녹내장으로 찡끗한다
지나는 낮은 가로수에 내려앉은
유난히 크고 검은 까마귀 한 마리
개 짖듯 우렁차게 전송 례를 한다
소한과 구정 사이의 전철역 향하는
새벽 유흥가는 유난히 조용하다
엊저녁, 야야 큰애야 내는 날 풀리는
따뜻한 봄날 사흘만 앓다가 갈란다
하시는 말씀을 되새기니 4급 판정은
오판정이고, 이사 나간 2층에 이사
온다더니 언제 오느냐는 꾸민 말인지
꿈인 말인지 로는 제대로 된 게
맞나 싶기도 하구

압축파일

일어나 밥을 먹고
일터에서 일을 하고
일과 후 잠자리에 드는
시시한 일상이 쌓여서
한 생 일생을 짓고

보살핌 속에 자라나
보살펴 애지중지 키워
떠나보낸 빈 둥지에서
처마 끝을 바라보는 게
사람살이 인생일지도

유튜브

배관 라인을 틀면
쏴 하고 쏟아낸다
마음을 적시기도
되레 메마르게도
거침없는 물살로
생각을 앗아간다

그랬었는데

밥숟가락을 거머쥐고
한술 떠서 씹어 삼켰다
신발을 신고 나서서
고개를 돌려 둘러보며
두 발로 디디고 걸었다
성내고 뒤돌았다가
활짝 웃기도 했다
하고픈 걸 하고
먹고픈 걸 먹었다
들리는 걸 듣고
보이는 걸 보았지
지난 팔십 평생을
자가 호흡을 했다

금수의 시대

양털 옷을
소가죽 점퍼를
은여우 목도리를
두른 것도 잠시 한 시절

언제일지 짐승의 시대에
당했듯 인간을 잡아
가죽을 벗겨내서는
어떤 소용일까

얇은 데다가 각색이고
틈새 말고는 불모지여서
아무짝에도 쓸모가 없으니
우리네 짐승만도 못하구먼

누군가 오늘을 주문했다

퇴근길 가산디지털 전철역 상가
중국집에서 주문을 넣고
기대의 주방 쪽을 바란다

들려 나온 쟁반에서 내린
흰 대접 하나와 종지 둘로
차려진 단정한 식탁

시커먼 장막에 가리어진
백옥 결의 탱글한 가닥을
구조해 내듯이 집어 든다
기대의 그 맛과
아직 변치 않은 입맛에
식후 감사 기도를 올린다

눈을 떠도 감아도 시커먼
사위의 틈새를 비집고
희끔한 빛 가닥이 들어
버무려지는 새벽

시킨 적 없음에도
간밤에 누군가가
주문을 넣었는지
배달되어 온 오늘

자리에서 일어나 공손한
무릎걸음으로 다가가
기도 끝에 수저를 든다

새 달력을 걸다

나이에 얹혀서
근심도 많아지네

몸은 늙어가고
걱정은 늘어나네

세월의 날물에 휩쓸려
주위 사람들 사라지는구나

문득, 걱정과 근심이 명줄의
들숨과 날숨이라 생각 든다

딸애가 직장에서 받아 온
새 달력을 걸며 오래 간직된
바램 하나를 곁들여 건다

새벽 찬 하늘로
새 한 마리 날아오른다

말 달리자

얼추 말이 된 경마장 세 구신
주말 오후에 복권방을 길게
늘인 노상 꿰미가 가소롭다

바닥 긁어 퍼낸 마른 샘이거늘
다음 주말이면 바닥 괸 호박돌
기어코 비틀어 한 숟갈을 짜낸다

내리 뵈는 스탠드가 안장이 되고
손에 꼬옥 쥔 마권이 고삐가 되어
엉덩이를 치켜들고 트랙을 돈다

결승선을 바로 눈앞에 둔 추월에
환호와 탄식의 폭동이 멀리 두른
관악과 청계의 울을 흔들어 댄다

말마따나 삼 인의 동행 길이면

한 이의 運 선생이 있기는 하여

쉰 목을 축이고 지친 몸을 절이고서야

쌓인 눈 큰 폭으로 쓸어가며 냉골의

겨울 방 겨우 누울 자리로 파고든다

섣달 출근길

아파트 동 현관을 나서니
발그레한 어둠에 십자가와
그믐달이 이웃하고 있습니다.

굽은 등 가죽에 붙은 저 배가 풀로
채워지면 설날이라 기쁘기보다
연휴라서 기대하던 날이 오겠네요.

그믐달로 터키가 떠오릅니다.
아차, 튀르키예로 바뀌었죠.
돌이켜 노마드의 삶이 좋았죠.
달과 별을 수놓은 이불을 덮고
벽 없이 너른 밤을 건넜지요.

세월은 늘상 그대로인 채
무상의 노동에 열심이죠.

아이를 어른으로
어른을 노인으로
노인을 고인으로

산 넘어 산

하산은 산행의 끝이 아니다
무성봉 아래 갈치저수지를 지나
한참을 걸어서야 닿는 大夜味驛

하산 역전의 용사들이 모여드는
네 테이블의 비좁은 아지트에는
걸진 입에 찰진 아지매가 있다

사내들의 후각은 얼추 같아서
선착의 옆 테이블은 내심 적군들,
잡은 고기 외면 키는 세상 이치라
친정 오라비인 양 살갑게 맞아 준다

벽과 면 사이에서 머뭇대다가는
되레 안 나가는 메뉴를 물으니
서슴없이 나요란다

더 높은 곳을 향한
산행이 이어졌다

돌대가리

동짓날 엿새 지내고 눈을 뜬 새벽.
누운 채로 머리맡 화장대 곽에 든
하나를 집어 든다. 기념품 모으듯
주워다 놓은 손톱에서 주먹 크기의
여남은 돌들이 모여진 돌의 관에서
번갈아 꺼내어 그 시절의 어렴풋한
풍경들을 만지작거리는 이불 속.
개중에 멀리서 붙들려 온 거칠고
얽은 검은 하나를 쥐고 바라는데
속이 상했는지 한 소리를 한다

.

.

그때 너 맞니?

.

.

돌로 대가리를 맞은 듯,
하여 된소리로 내뱉길
.
.
십. 장. 생.

옥수수밭

둘이나 혹은 셋
짙푸른 포대기에
싸매 안고 업고서도
보란 듯이 당당하다

늘씬하니 단내 나는
사탕수수와는 달리

오지 마을

(버스가) 오지 (않는) 마을
(가고) 오지 (못한다는) 마을
(아무도) 오지 (않는) 마을
오지 마 을(시년스러워)
오지(게) (먼) 마을

서대문구 개미마을

가파른 숨길로 다다른
인왕산이 막아선 7번 종점
개미처럼 열심히 사는 사람들 동네

손을 보면 불쑥 손을 내미는 곳
손바닥엔 손 건넴을 기다리는
감대추상추배추애호박

한때 열기가 뻗쳤었던
그새 저나 나나 하얘진
연탄재 곁의 끝 집 할미가
수돗물도 나오고 마을버스도
나들어 좋아졌다며 이사 오란다

제아무리 높은 빌딩도 고관도
제 발아래에 두고 호령하는 이곳,
제발 저 어르신들 비켜 가기를

그 골에 자연인이 산다

유사연에 세상을 등지고
골로 들어 개를 사람 삼아
둘레친 울창한 외로움을 벗 삼는
티비 화면 속 주인공은 아니라우

흙벽 세워 이엉 얹고
산답 돌로 울을 치른
초가삼간 콩기름 바닥에서
한여름 뒷간 구더기같이 엉켜
꼬물거리던 새끼들 다 날아가고
애물단지 영감도 쌀 팔러 간 지 오래

오순도순 예닐곱 호
진즉에 빈집 폐가 되어
홀로 아리랑을 부르고 있다네

별이 쏟아지는 머리맡 산골에는
마당 닭 숨겨 낳아 곯은 달걀인 양
자연산 자연인 우리 어매
웅크려 골골대고 있다우

천 원권의 용처

가부좌로 지그시 내려보시는

가느다란 저 실눈은 필시

감은 게 맞을 거야

간절한 기원의 공손한

삼배 끝에 발치로 다가가서

주머니 속 동전 몇 닢을 꺼내 들곤

살짝 고개를 드니 큼지막한

두 귀가 유난히 크다

할 수 없이 지갑을 뒤적여

개중에 춥고 배고파 보이는

새파랗게 질린 한 장을 골라

겨우 지날 틈새로 밀어 넣는다

다행으로 너른 대웅전 안에는
빈 마룻바닥만이 한가득이다
댓돌 위 햇살에 돋보이는
신을 신는다

퇴직 첫날

맨 목 강아지
너른 마당이 좁다

목 맨 강아지
목줄 반경의 콤파스

그간의 넥타이를 풀고
거울 앞에서 남 보듯 바라다본다
거뭇하니 선명한 목줄 자국을

이 손안에 있소이다

휴대용 장기이자

분리 가능한 신체 기관이다

피가 돌지 않아

딴 데서 영양소를 취한다

신경계가 끊어져

무덤덤하니 딴전을 피운다

각 기관의 신체는

그를 위해 기능을 한다

목고개는 조준선 정렬을 위해

눈과 귀는 보고 듣기 위해

팔과 손은 모셔 놓기 위해

그리하여 지배당한다

시선과 행동을,

사고까지도

아다리 이발소

아파트 단지 상가 이 층에는

가두리에 갇힌 이발소 하나 있지

미장원과 뷰티 살롱을 곁에 두고

복도 건너의 헤어숍과도 마주하지요

지하철 귀퉁이의 경로 우대석인지

어쩌다 엎질러진 감 바구니인지

감말랭이 영감들만 그득 듬성하기에

또래의 귀밑머리 희끗한 가위손

쥔장에게 연유를 물었더니,

정적의 인타발을 두고서는

전기 바리캉이 이등박문이고

이등으로 마마보이 엄마 손이

솔찬히 거들었다 답하네

또렷한 기억

어느 유월의 오후 세 시쯤이었어

단지를 뒤 두른 수리산으로 들었지

그늘 짙은 떡갈나무 터널의 천정에선

물뿌리개로 빛발을 따라붓고 있었지

도려낸 상처의 황톳길을 밟아 나아갔지

모퉁이를 돌 때마다 가슴이 살짝 뛰더라고

베란다 창을 열고 아침을 맞이할 때같이

오름길에 이어지는 내림길

골진 질척한 돌길을 건너서면

서걱대는 왕소금 알갱이의 마사토

인화된 풍경의 적요를 거스르는

오직 나

황소와 아버지

송아지 낳던 날
아버지가 그러셨어 매일 들면
큰 황소가 되어서도 들 수 있을 거라고

세월은 한결같아서
그리고 나와는 달라서
곁에 다가가기에도 버거울
집채만 한 황소를 키워 놓았더군

별말 없이 멀뚱한 눈길만 건넸던
아들놈이 제 아들을 본 지금이고,
뜸하니 무덤덤한 무덤 속 뼈마저 삭아
내렸을 오늘에야 아버지의 옛 말씀이
방울져 멍울로 솟아오르네

그때, 속는 셈 치고

매일 들어 올렸더라면

들 수는 있었을까. 그 큰 황소를

그제 내린 눈

뽀드득 뽀드득

발바닥 간질이는 소리

뽀드득 뽀드득

하늘 꽃가루의 하얀 소리

뽀드득 뽀드득

살짝 언 유리결 비비는 소리

뽀드득 뽀드득

가려 밟는 기분 좋은 소리

뽀드득 뽀드득

뒤볼 때 시원한 소리

허공(虛空)

텅 빈 공중이라 하네

다른 것을 막지 아니하고, 또한
다른 것에 의하여 막히지도 아니하며,
사물과 마음의 모든 법을 받아들이는 공간
이라고도 적고 있네

아무것도 없는 세계
모양도 빛도, 아무런 사량(思量)도
없는 무위(無爲), 무루(無漏)의 세계
라고도 하네

큰스님이 주장자를 곁 세우고
법문하듯 네이버 국어사전에
그리 적혀 있네

알고 싶어요

◆ 객관식 같은 주관식 문제입니다.

　　괄호 안 빈칸을 채우세요.

문제 1. 맹독성으로 가장 치명적인

　　　　독사 종류는?

　　　　（　　）독사

문제 2. 독 안에 든 쥐란 속담이 있죠

　　　　독 안에 사는 나이 든 사람은?

　　　　（　　）노인

문제 3. 요즘 부쩍 눈에 띄는 노인전문병원
　　　　요양병원, 요양원, 실버케어센터,
　　　　호스피스 병동을 아우르는 말은?

　　　천국행 (　　　　　　　)

자리가 있다는 거

카키색 점퍼에 백팩 젊은이가
올라서서 살필 겨를도 없이
지남철에 당겨지듯 운전석 뒤
빈 좌석에 털썩 앉는다

새벽같이 나선 이말 삼초의
오늘 하루가, 그리고 징하게
이어질 앞날이 조금 전같이
서성거리거나 선 채 흔들리지
않고 순순 탄탄하기를

뒷좌석에 먼저 올라앉아
설 때마다 오르는 젊은이들이
동승의 동행길만이라도 편히
앉아갈 수 있기를 마음 졸인다네

그대의 짐으로 얹혀갈 수도 있을
미지공 과환갑의 이도 저도 아닌
어중된 낫살의 늬들 애비뻘로서

노년의 삶

기대거나
기대하지 말고

늙었다고
늦었다 말고

나서거나
낯살 내밀지 말고

죽기 전까지
숨죽이지 말고

깨달음을 얻다

그러려니 길들여진

고소한 참깨도 아닌

들큰한 들깨와는 다른

은근하니 달짝지근했다

산중 가옥

버려진 폐가라뇨
독립가옥이지요

버려졌기에 되살아났고
돌아가셨기에 돌아왔다오
비로소 벗어난 독립이지요

조석으로 자욱한 연기로부터
고봉으로 피어나던 밥내로부터
무시로 두런대던 말소란으로부터

낡린 문으로 새벽안개가 들어앉고
싸리비 빗살 무늬 가득했던 불모의
마당엔 마실 온 온갖 풀들이 무성하고
쥐구멍으로 더는 쥐가 드나들지 않지요

없는 부엌문 앞 덤불에 둘러싸인
무덤덤한 여남은 장독을 바라니
반질하던 윤기의 물걸레 거머쥔
손길이 그립구려

무늬 입은 돌

갈결봄여름 없이 한 결로 푸른
송과 죽의 사잇길을 오른다

경사, 굴곡, 바닥을 죽 끓듯
달리하는 한참을 견뎌내니
머리 위로 하늘이 드러난다

삼백에 채 미치지 않는 이곳은
천성산 끝자락의 남부산성 터

북으로는 언양을 기점으로
좌내원 우통도의 영축산과 천성산이
양산천을 사이에 두고 흘러내리고 있다.

통도사를 품고 근년에는 문제의
그가 깃든 영남 알프스야 말할 것도
없고, 단짝의 천성산은 도올이 동학
연구를 하며 수운의 행적을 좇아 내원사
아래의 토굴을 오르려 지나면서 탄복한 곳.

그곳을 보려 함이 아니라 돌,
무너져내려 바닥에 뒹구는
성곽 돌의 면면을 보러 올랐다.

하나하나가 한 점 한 점이요
반듯한 면면이 캔버스이고
캔버스마다 작품이다.

몬드리안과 칸딘스키가
모네와 피카소가, 그리고
장욱진과 김환기 박수근이
그 품 안에서 오롯하다.

천년의 작업.
지나는 바람의 붓끝이,
내려 닿은 빗방울의 낙하가,
송이 송이 나려 따습게 덮어준
눈꽃의 자국들이 겉화석 되었어라.

시

만수위로 채우고서야
물막이 댐을 타고 넘는

가마솥에 가득 재워
달이고 달여낸 한 술
진액

아름드리 거목 베어
드러낸 반가사유상

실낱의 철사줄 꼬여
대교를 잇는 긴장의 로프

헝클어진 여운

피난열차가 이랬을까

한참을 기다려
전철이 들어선다

이중문이 열린다
내리는 이 하나 없다
드러난 인의 장벽을 밀친다

꿈쩍 않는 철통 안 방어벽에
원위치로 물러난 망연자실들에게
맨 뒤 칸에서 빼꼼하니 고개를 내밀고는
안전기원의 음성 공양을 한다

열차가 혼잡하오니
다음 열차를 이용해 주십시오

안 사람의 되치기로 밀려난
또래의 성난 눈깔 아지매 왈

쓰발노마,
이 열차를 탄대도
이십 분이 지각인데
뭔 말지랄이노

고비사막

．

．

．

．

사막이다

고비다

÷÷÷÷))))))))(((((((÷÷÷÷÷

깨달음

...

도 역시
그러하다지요

동네 도서관에서

지적 토사물 흥건한
서가를 사이에 두고
구부정하니 몸을 숙여
한 이는 반납 책을 꽂고
다른 이는 책을 찾는다.
약속이나 한 듯 몸을 세우자
서가 위에서 얼굴이 마주친다.
외면키도 아는 체하기도 한 듯
둘만의 알 듯 모를 듯한 눈빛만
남기고 반 담장에서 멀어져 간다.
도서관 이웃의 교정에서 한 반이었던,
도서관 공공 근로 알바생과
알 바 없는 신분의 녀석이

갓 신 받은 애기 동자

출근길 차창 너머
길가 낮은 빌딩의 옥상
그 위로 펄럭이는 오방색 깃발
그 아래 길게 누운 흰 바탕 간판
그 안에 새겨 넣은 붉은 명조체
낡은 간판에 갇힌 애기 동자가
처음 눈에 든 게 언제였더라
전 달에 첫애를 낳은 첫째가
재수 수능을 치르던 춥고도
간절하던 그때였지
이제야, 간판 첫 두 글자가
같은 의미로 읽히네

12월 1일

얼추 다 건넜나 보다

오늘 그 열두 번째 돌을 디딘다

내려다보니 허리춤 아래로

얼음 치마를 펼쳐 두르고 있다

뒤돌아 굽어보니 물길은

사납고 징검돌들 듬성하다

지쳐 지나는 이의 발아래

강물은 거칠어져만 간다

여하튼 고맙습니다

올 한 해도

바람의 作亂

정처 없는 떠돌이의 심술로

매달린 정처의 고요를 흔든다

고공 공포의 한 시절이 흔들린

도움닫기로 훌쩍 날려 내린다

짙고 푸르던 무성함을 벗어내고

붉게 번져난 마른 버짐의 낱장으로

내던져진

지상의 무연고 벌거숭이

엎드렸다가 기다가 내달린다

신이 난 기색에 가세의

뒤꽁무니를 걷어채인다

날려 올라서 여즉 매달린 채

낙상의 공포에 떨고 있는

가지 지기에게 외친다

놓아 내려라

나는 왕이로소이다

주린 배로 처박혀 있을 때
생고무 배꼽에 주사기를 꽂고
검은 탯줄의 뽐뿌질로 채웠다.
그렇게 바람들어 펄펄 날았다.

안 동네와 날개 동네 사이에서
동급생들의 반 대항전에서
동리 간 읍내 체육대회에서
보이지 않는 끈이었고
불러 모으는 손이었다.

발끝에서 하늘을 날고
가까스로 손아귀에 잡혀
환호와 탄식을 버무렸다.

국경의 철조망을 거두고

밤낮의 자오선을 지우고

죄다 숨죽이고 바라보는

나는 왕이로소이다.

사카 사커

둘레친 타원형 객석 아래의
반듯하게 재단된 푸른 무대
이윽고 지휘자가 날아오른다

온몸으로 지휘를 한다
구르다가 달음질치다가
때로는 솟구쳐 하늘을 난다

지휘자의 문란한 지휘에 맞춰
무대 주자들의 군무가 연주가
연기가 페인팅이 행위예술이,
악보의 빈칸을 채우고 각본을 쓴다

통통 튀던 지휘자가
문전의 옥답 같거나

문간의 새앙쥐 같을

잉글랜드 사카의 발에 걸려

그물에 갇히자 환호의 천둥이

퀭한 눈물에 잠기운다

강물이 되어

앞 물살에 앞서려 않고
뒤 물살이 뒤미는 대로
옆 물살 팔짱을 끼고 내린다

버텨 선 바위 감아 돌고
둑방에 갇힌 내림 물길을 따라
가로막은 보를 채워서 넘는다

바람 불어도 수면만 살랑이고
풍상으로 과육에 단맛 배이듯
내리며 품 너르고 속 깊어간다

간직된 속 것들을 쫓아
햇빛 아래 달빛 아래서
은비늘 금비늘이 반짝

수수 터는 날

매질 끝에 수숫단이
손주놈 구구단 외듯
우수수 알곡을 쏟아낸다.
허리 가는 플레어 치마 두른
수수 빗자루로 쓸어 까부른다
우수한 성적이요
우량주 고량주일세

빙글빙글

토요일 공 다섯 시 반

역사 밖으로 내다뵈는

어둠을 밝히는 빌딩 꼭지층 창

엘리베이터 없는 5층의 '두레인력'

검은 계단을 오르는 그슬린 늘그막의

거친 숨소리가 정적을 뚫고 다가온다

천안행 1호선 3-2

고른 숨으로 홀로 열심인 열차 안

벽붙이 장의자를 듬성지게 메운

환한 형광등 아래의 그늘진 승객들

두툼한 배낭을 끼고 일찍이 일터로 향한다

긴 밤을 건너고 수면의 낮으로도 가겠지

어둠이 걷히면 노동의 하루가 시작되고

환한 잠행으로 곯아떨어지기도

깜밝깜밝

빛과 어둠이 껴안고
빙글빙글 스텝을 밟는다
내걸린 벽에 박힌 검은 잎들
떨어져 나간 빈자리가 훤하다

즐거운 퇴근

지산 빌딩의 오후 네 시
중년의 갓 입힌 화장기에
깔나게 차려입은 마나님들이
엘리베이터에 소복이 담겨 있다.
한결같이 환한 얼굴에 교문 밖을
나서는 여고생의 수다를 입안에
한 모금씩 머금고서 참고 섰다.
과히 낯설지 않은 면면들,
어디서 보았더라?
그렇지!
일거리가 중요하남
일자리가 중요하지

산정에서

강은 산을 오르지 않는다
감아 돌아 흐를 뿐

산은 강을 건너지 않는다
발을 담그고 내려볼 뿐

바람은 산을 맞서지 않는다
능선을 비껴 넘을 뿐

산은 바람에 맞서지 않는다
맞이하여 흘려보낼 뿐

생은 세월을 피하지 않는다
잔등에 오를 수 있다면야

립스틱

두 말들이 두툼한 배낭에
꼬리 패인 노랑 리본 매달고는
산 오르는 된오름산악회 회원

소나무 사이 갈라진 수풀
뱀 지난 오름길 에스라인을
한 땀 한 땀 땀방울로 누빈다

외줄기 길 위에서 앞선
큰 배낭 회원 신상 폴대형
접이 스틱 자랑에 입술이 마른다

가까스로 올라선 산꼭대기
따로 그리고 또 같이서 정상석
곁두고 두 팔 벌려 하늘을 찌른다

바로 아래 비좁은 바닥에 둘러앉아
배낭 풀어 뷔페 잔칫상을 펼치는데
스틱 자랑질 저 이 그 큰 배낭 속에서
달랑 손가락질 스틱 한 짝 꺼내 들고
깔개 바닥을 누비는데 그 이름을
모르기에 립스틱이라 불러본다오

금강산

― 갈기산 산행

쉼 없이 숨 쉬며 살아 내리는 강
양편으로 가파르게 솟구친 산
산정에서 내리 뵈는 물 바닥은
강 바닥인지 산 발등인지

야윈 말의 갈기 빠진 목덜미
칼날 바위 길게 빗겨선 위를
네발 달린 벌레가 되어 오른다

자 폭으로 때론 밑창 폭으로
푸른 서슬로 벼려진 능선 길
디딤 발 양편은 절대의 고독

위로 가을 하늘 푸르고
산등성이 저 절로 서슬 푸르고
멀리 뵈는 산색 또한 푸르르고
발아래 게으른 물색 푸르나니

없는 갈기 부여잡고
홀로 사색이러뇨

새는 어디서 잠드는가

집은 있을까
검색하면 나오는
새집이 제집이 아닐까
번식의 임시 거소일 뿐
새들은 마땅히 집이 없다
땅 위의 것들이 집이 있을 뿐
나는 새는 저 아래 어느 한 곳
내려 눈 붙이면 그 밤 제집이려나
돌아갈 집이 없기에 멀리 날아간다
돌아볼 집이 없기에 높이 날아오른다
잠깐의 둥지 속 제 품의 온기로 키워낸
새끼 날아갈 때 인연의 끈도 날아갔다

발끝에 힘을 모으곤 잠깐

눈 붙였던 대지를 박차고

쏜살로 솟아오른다

빈 하늘 속으로

구포국수

흔들리며 하구언 갈대숲을 헤쳐
뚝방을 올라선 목마른 바람에게
간직된 물기를 추렴하여 내어준다

속속들이 내어 준 메마른 발 가닥
툭툭 잘려 종이 벨트 허리에 두르고
평상에 수북한 단으로 산을 오른다

펄펄 끓는 냄비에 부챗살로 들어
넘쳐나는 거품 끝에 찬물 샤워로
씻고 나서니 윤기만발 백옥 실크

천 리 먼 이곳 마을버스
차창 밖으로 눈에 드는 간판
가까이 다가서니 군포국수

여생

어제의 그이를 떠올리기엔

떠오른 그의 표정과 말투를

되짚어 울컥 따라가기엔

표정과 말투의 속내를

까발려 곱씹어 보기엔

까발려 드러낸 허상에

기꺼이 내상을 입기엔

시간이 없다

가늠해 보니

돼지국밥

뾰족 잎새 백 접시 위의
삼 위의 양파 마늘 땡초랑
하얀 소꿉 종지에 모로 누운
고래와 맞짱 떠 등 성한 새우

벌겋게 버무려져 시큼한 듯
매콤하니 달짝 혀에 감기는
배추김치와 칼각 깍두기

솔잎이라더냐 실파라더냐
성긴 고춧가루 양념발에
살아 숨 쉬는 뻣뻣한 부추

선계에만 선녀가 있을쏘냐
돈계의 선녀 돼지 목간물인가
맑게 비치는 바디워시 향이로고

부추 젓갈 다대기 함께 저어
입안에 떠 넣으니 그 맛은,

.

.

.

안 되겠네

일어나는 아침

눈을 떠도 감아도 감감한

무명의 거리, 네 시 사십 분

첫 열차를 향한 발걸음에

곤한 어둠이 뒤척인다

고른 맥박의 완행열차가

부강역을 지날 무렵 저기

산이불을 덮고 자던 해가

바알간 얼굴을 내민다

시든 잎 사이로 드러난

노지 호박에 닿은 햇살에

노다지로 되비쳐 눈부시게

일어나는 아침

시작의 하루

사이를 두자

불국사 안마당에 천 년을 선
석가탑과 다보탑만큼의 사이
대청마루 이쪽과 저쪽 끝의
안방과 건넌방만큼의 사이
동리와 너른 들을 둘레친
앞산과 뒷산만큼의 사이
길 따라 길게 늘어선
전봇대만큼의 사이

사모와 그리움의 사이
목전에 비치는 안도의 사이
상호 상해의 사거리 너머 사이
따로 또 같이 오래도록 함께할

나 어릴 때

세상 큰 소리는
뻥튀기 펑 소리였다

세상 무서운 건
뒷간 달걀귀신이었다

세상 귀한 건
백 원짜리 종이돈이었다

세상 부러운 건
네 발 달린 테레비였다

세상 맛있는 건
석유 곤로에 끓인 라면이었다

뒤돌아
별거 아닌 게
별스러운 호시절이었다

노인 병동

바람 없는 새벽녘에
소리 없이 소문 없이
허공 수제비를 뜨며
즐거운 듯 즐기는 듯
내려앉는 잎새와 같이

들인 숨 내어 뱉듯
이승을 뱉어내어

삶과 죽음이
마디 없이 매끈하게
한 결로 이어지기를

산

우뚝 솟아
더 가까이서
우러르려 함일까
궁금한 저 멀리를
넘보려 보려 함일까

더는 오를 수 없는 곳
이웃이 모두 사라지고
간신히 버텨 선 위태의
날 선 한 점 그 아래로는

퍼질러 앉아
넓게 펼친 주름치마
안으로 들라 손짓하는
머금은 유혹의 치맛자락

개고생

뒤척여 찌뿌둥한 새벽
성가시게 보채니 모시고
집을 나서서 줄에 이끌린다

이끄는 대로 따라가다
나무 아래에 코를 박고
서면 같이 서서 기다린다
동네 개들의 액취가 스며든다

꼬리를 하늘로 향하고
등을 활처럼 구부리고
두 뒷다리를 살짝 낮추면
챙겨온 비닐봉지를 꺼내 든다

첫 손주 삼 년 수발 끝에

개로 개화한 아내 왈왈대길

더는 사람 새끼 양육은 없다며

대로 개새끼를 들여놓으며

똥 수발을 명하니 늘그막에

뭔 개고생이람

집 나선 개는 졸라 즐겁다

거기 그 집

흐릿한 가운데 점점이
또렷한 기억을 되짚어
로드뷰 위의 가로와 골목을
마우스에 얹혀 더듬어 간다

철썩이는 해안을 따라가는
동해남부선 역사 가까이
중학교로 향하는 길목의
담장 낮은 길갓집이었다

지금은 대도시에 편입되어
역사와 학교는 위세를 덧붙인
그때 그 자리였으나 찾아나선
그 집은 흔적조차 없다

그러려니 메뉴바로 커서를
옮기려는데 시커먼 등걸의
벚나무가 아쉬움을 전한다

더블 클릭하여
가까이서 들여보니
매미 허물 같은 헐거운
그리움이 붙어 있었다

생산성 본부

뭐 집에서 살림이나 했지
밥하고 빨래하구
애 키우고

묵고 살라고 안 해본 일 없어요
안 해본 기 있다믄 도둑질이나
안 해 봤을랑가

두둑에 묻은 씨감자가
절로 싹 틔우고 주렁주렁
주먹 감자를 매달았을라구

기름으로 얼룩진 작업복이
밤새 절로 새 옷으로 날을 세워
새벽을 나서는 이의 몸에 걸쳐졌간디

가을 찬 바람에

새벽 산길
구절초 흰 아름으로 살랑
고개 숙여 인사를 하지요

자랑으로 사랑으로
품고 있던 잎새들 내려
제 몸 가볍게 하지요

잔해의 빈 배추밭 위로
뒤덮었던 검정 비니루
어지러이 허공을 날고

찬 물결이 일고
낭창한 마른 갈대
휘청이고 휘청거리고

천국

죽어 천국이라지만

가보지 않고 맛보지 못한

미지의 천국을 쉽게 믿지는

못하는 의심증 환자인 나는

가로와 골목을 지키고 섰는

십자가 아래를 지나쳐 왔지

멀지 않은 시절 천 원으로

허기를 메꿀 수가 있었지

춥고 배고픈 이에게 천국이란

스뎅 보온 국통의 미원 국물에

찬과 밥이 멍석말이 된 김밥이

더 없는 은혜이고 복음이었지
김밥 천국의 천이 '일천 천'으로
한 줄 천 원으로 창조되었나니
그도 세월에 옆구리가 터져
하늘 천 자로 승천은 아니나
두 계단 올라 三千大計로세

매가오리와 돌고래

정현파의 날갯짓으로
물속을 유영하는가 싶더니
닭 날 듯 물 위로 반짝 솟구친다

떼 지어 곁을 지나던 돌고래가
그깟 재주로 제 이름을 얻었냐며
회백 광택의 미끈 날렵한 몸뚱이를
하늘 닿을 듯 높이 솟구쳐 올리는데

메달 매단 은반 연아나 뜀틀 학선이를
수월케 뭉갤 하이 점프 소프트 랜딩을
거푸 이어가며 한참의 동행을 한다

별거 아닌 뭍의 몸부림에
환호하고 열광했었남?

다이내믹 코리아

고속 열차 창 측 자리에서
노선의 끝끝까지 가노라면
눈을 떼지도 붙이지도 않고
원근의 바깥을 바라보노라면
높고 낮은 산이 덮칠 듯 다가오고
주렁한 과실이 입안으로 투척된다
터널을 지나며 가까스로 숨을 고르고
화들짝 다가선 황금들녘에 넋을 잃고
교각 아래 찬 강물에 발을 담근다
금수복국, 아니지
금수강산 삼천리로구려

시베리아 횡단철도나
아메리카 텍사스 서부 열차는
가도 가도 내나 그 자리라 카더만

시내 낚시터

유료로 무료를 낚는다
가득 채운 한낮의 공허를
빠른 세월 속 더딘 하루를
어울려서 함께 건져낸다

교명이 박힌 플래카드 아래
네모진 포인트 주위를 빙 둘러
굵은 민장대로 연신 챔질이다

지나온 시절의 고저와 영욕은
푸른 다이 표면으로 평준화되고
돌아가며 고개를 숙이고 몸을 낮춘다

이곳의 물때는 달의 지배를 벗어난
하오 여섯 시가 들물이고 날물이다

물때가 되자 은갈치 무리는
거뭇한 시름의 떼거리에게
바통을 넘기고 터를 나선다
이전의 함께였던 터에서도
그랬듯이

徵兆

마치 게토레이 큰 깡통을
뉘워 얹은 듯한 산뜻 발랄한
5t 트럭이 버스를 스쳐 지난다

물차임이 분명하건대
새 물을 담은 급수차일까
거쳐 나와 담긴 걸 담은 차일까

궁금함의 명은 짧았다
얼마 지나지 않은 신호등에
가로막혀 눈 안으로 다가선다

고개를 틀어 살핀다
옆구리 모서리에 명조체로
조신하게 새겨진 '정수환경산업'

똥차다!

아침에 장의차나 똥차를 보면

그날 좋은 일이 있더라니까

뜸 들이는 시간

불 불꽃을 사위고 기다려
솥뚜껑을 열자 눈에 드는
고슬고슬한 흰쌀밥, 백반

아가의 맑은 두 눈앞에서
눈과 입과 안면 근육을 죄다
동원해서 부린 새내기 아빠의
애교가 지쳐 지난 후의, 까르르

한여름의 뜨거운 태양빛
흠뻑 스민 한참을 지나서
붉게 토해내는 단풍, 섭리

눈이 어둡고 귀가 흐려져
뭇 분별이 사라진 치매의
배추흰나비 하늘거리며
하늘로 날아간, 열반

자손

실은
피가 섞인 건지
체액이 섞인 건지

실은
피를 나눈 건지
디엔에이를 나눈 건지

실은
딴 생명체인 건지
한 사슬의 생명 체인인 건지

한가위는
조상과 자손의
연례 친교의 날인지
그냥 법정공휴일인지

공병대

작업 현장은 널려 있다
대로변 골목 안 시장통
드물게는 산정과 안방

삽과 곡괭일랑 필요 없다
포클레인이나 불도저도
당카나 작업화도 소용없다

입대해서 받은 꿀 주특기로
말뚝 박아 지금껏 성실하게
장기 복무 중이라오

퇴역 없는 노병이 되어
오늘 밤도 병뚜껑을 비틀어
내용물을 내게로 옮겨 담는
공병화 작업을 완수하였소

노병은 여전하고
빈 술병만이 나뒹구네

상황

1. 궁금할 때
   - 네이버에게 묻는다
   - 냄비에 끓여 먹는다
2. 심심할 때
   - 휴대폰을 켠다
   - 소금을 친다
3. 무료할 때
   - 휴대폰을 켠다
   - 서둘러 집는다
4. 일하다가
   - 휴대폰을 켠다
5. 잠 안 올 때
   - 휴대폰을 켠다
6. 잠 깼을 때
   - 휴대폰을 켠다

연못 정원

입은 비단옷을
저는 본 적이 있을까
누구를 위한 호화일까

가장자리를 두른 미색의
탐스러움은 누가 탐할까

비바람 지난 연못가엔
덩이 수국이 고개를 숙여
비단잉어가 고개를 들어

물거울 사이에 두고
서로를 바라고 있네

폐가

한참을 걸어 올라서니

사위가 적적 막막하다

고저를 달리하는 대여섯 호가

풍상 샤워로 인위를 씻고 있다

암록의 이끼 낀 슬레이트 지붕

수숫대 갈빗살 드러낸 흙 바람벽

콩기름 먹여 반질했을 먼지 바닥

조석으로 분주했을 숯검댕이 부엌

모두가 제 떠나온 자리로 귀향 중이다

울 밖의 바위와 나무와 하늘이

격의 없는 이웃으로 동리를 이뤄

이전의 정을 나누고 있었다

가리봉 오거리

그 시절의 가요 톱텐은
이곳의 밤샘 엽서가 정했다

쪼꼬미 딸과 쬐끔 더 쪼꼬미 엄마가
밀고 밀리는 가산디지털역을 내린다
과거 전사니 역군으로 불리던 이들이
야근과 철야로 지샜듯 무섭으로 도는
에스컬레이터를 앞뒤로 올라 내린다
한 계단 뒤의 애미 쪼꼬미가 등진
딸의 어깨를 감싸며 말을 건넨다
개찰구를 통과해서는 마주 보고
머뭇 따가 잘 가 하곤 등을 돌린다
졸린 눈으로 머리카락을 심고
제 손가락에 오바로크를 치던
공단 2단지와 3단지를 향한다

배롱나무

백일홍 나무라고도 했던가
화무십일홍을 무색게 하는구려
아래를 지나다 올려 자세히 보니
눈속임이었구먼

필 꽃 핀 꽃 진 꽃이 한 가지 끝에
매달려 핀 꽃만이 비친 것이었네
석 달 열흘을 이어 피고 지고 피고 지고

텅 빈 듯한 저 멀리서
오래전부터 지구별을
내려본 한 이가 있었다지

그이의 궁금증도 그랬을 거야

제 몸 크기 바꿔가며 수만 년을

꼬물거리는 저건 뭘까 하고

메롱

속았지롱

그놈 목소리

자전거 먼저 지나가도 될까요?

보도를 걸어가는데
뒤에서 나지막이 울리는
공손하고 착한 목소리

살짝 가로 비켜서서
지나는 젊은이를 흘긴다

날렵한 자전거를 닮은
훤칠하니 미끈한 몸매에
살짝 숙여 저 맘을 전한다

그놈 목소리에
제격의 몸과 맘이
한통속인 게 기쁘다

아들뻘의 그놈
목소리가 먼저 와닿았을
뒤통수를 어루만져 본다

일회용 용기

세종께서 이게 무엇인고 물으니
곁의 장영실이 고개를 갸웃할 뿐
선뜻 입술을 떼지 못하다가 못내
모르겠사옵니다 답한다

재차 어디서 온 게냐 물으시니
아마도 거스른 시간의 조류에
떠밀려 온 게 아닌가 싶습니다
라 모 없는 뭉실한 답을 올린다

연원도 출처도 알 수는 없으나
혀를 내두를 진귀한 것임에야
두말할 나위 없다 할 것이어서
전하의 손끝을 벗어난 적 없이
물 잔으로 술잔으로 소용되었다고

전해졌던지는 불확실하네만…

치매로 생의 여정을 되돌아 밟고
계신 어무이는 수집벽 증세가 있어
갖가지 일회용기가 켠켠이 수북하다

얼마나 귀하게 비칠까?
개중 두 되들이 고추장 단지는
은비녀 이상의 값어치로 비칠 테지

돌 맞아도 안 깨지고
젖히기만 하면 열리는 뚜껑에다
가비얍고 빠알간 색깔까지 입었으니

아직 나름 성한
내가 봐도 그럴진대

두 종류

헌신짝 취급하는 놈
헌신하는 놈

기워 신고 뛰는 놈
새 신으로 갈아타는 놈

신기가 비치는 놈
신기한 놈

신에 매달리는 놈
신통방통한 놈

신심으로 사는 놈
심신으로 사는 놈

헌신으로 버려지는 놈
현신으로 모셔지는 님

깨달음

베어 뉘어서
볕 아래 말린 깻단을
시아부지 댐뱃대만큼 한
꼬챙이로 보채던 막내놈
매질하듯 두들겨 패댄다

기세 좋게 매질하니
바깥으로 튀어 나가
신난 깨 달음질이다

아니 되겠다 싶어
토닥토닥 힘을 빼니
풀석댈 뿐 깍지 속
깨알은 꿈쩍없다

거머쥔 꼬챙이 그립을 달리하고
치켜든 각도와 임팩 강도를 살펴
깨 달음질 없이 깨가 쏟아지는
스윙을 완성하였으니 이 또한
깨달음이라 하지 않을 텐가

행복하소서

배낭을 메고
길을 가다가 뜬금없이
병원 표지판을 따라간다.
정문을 들어서면 첫 번째인
숨넘어가는 응급실을 배회하다가,

건물을 뒤돌아 후미진
장례식장으로 옮겨서
현관 내벽의 인포 스크린을
흘러가는 호실별 고인의 이력을
더듬다가 뒤돌아 가려던 길을 간다.

힘겹게 오른 꼭대기엔
인증샷 소란으로 산하늘이
마른천둥 속 불난 호떡집이다.

내비두고 내려오다가
깔딱 고개 초입쯤에 비껴 앉아
아까 전에 응급실에서 보았던
당장 숨넘어갈 듯 비켜 지나는
이를
곁눈질하며 들리는 혼잣말로
"에효, 얼추 다 내려왔네" 하며
흘끔 표정을 살핀다.

역회상

얼마 지나지 않아
지금을 그리워할 게야

백허그인 듯 포근하게
감싸 안는 등받이 한 몸의
사출 좌판, 그리고 살풋한 쿠션

딱딱한 나무 걸상도
푹신한 레자 소파도
나무랄 수야 없겠지만

살짝 덜컹거리기도
때때로 섰다가 가는
놀이공원 탈것에 오른 듯한
출근길 버스 안 안락 좌석을

일상에서 우려낸
응축의 미학

일상에서 우려낸 응축의 미학

− 김영환 시집『시는 망했다』

정 호(시인, 한국문학비평가협회 감사)

1.

사람마다 일상이 다르듯 똑같이 하루하루를 살아가지만, 그 삶의 방식은 모두 다르다. 내가 살아가는 오늘도 어제와는 다른 무늬와 결이다. 이 무늬와 결에 새겨지는 기억은 나만의 독자적인 역사라고 할 수 있다. 나를 살게 하는 것은 현실이지만, 나의 삶을 남겨 두고 싶다면 어떤 형태로든 기록해 두어야 한다. 그중에서 가장 의미 있는 방식이 시의 창작이다. 그런 의미에서 시를 쓰는 사람은 오늘의 삶을 기록으로 남기는 증거인이며, 상상력의 구현자라 할 수 있다.

"말은 곧 그 사람이다(言卽其人)."라는 말이 있다. 『논어』맨 마지막 문장 "말을 알지 못하면 사람을 알지 못한다."란 글에서 인용된 말인데, 여기서 '말' 대신 '글'을 원용하면 '글은 곧 그 사람이다.'

라고 할 수 있겠다. 김영환의 신작 시편들을 읽으며 오롯이 떠오른 생각이다. 시인의 품성이 시문(詩文)에 그대로 반영되어 나타난다고 느낀 것이다. 김영환의 시들은 이런 생각이 들게 하는데 조금도 주저가 없다.

김영환은 이미 7권의 시집을 발행한 바 있다. 생업인 변리사로 일하면서 길지 않은 기간에 어쩜 이렇게 많은 시를 창작할 수 있었을까? 그것은 그의 창작을 향한 끝없는 탐구 정신이 이루어낸 결과라 할 수 있겠다. 실제로 그는 취미인 등산과 트레킹을 통해서도 사색을 즐긴다. 이른 아침 출근할 때에도 두어 정거장 남은 전철역에서 내려(석수역-금천구청역-독산역-가산디지털단지역) 안양천을 걸으며 시상을 떠올린다고 한다. 천생(天生) 시인의 숙명을 안고 태어난 사람이다. '시는 곧 그 사람이다.'라는 생각이 어김없이 들어맞는 게 이래서였겠다.

우선 그의 시에서는 말 쓰임이 깨끗하고 부드러우며, 시인의 일상의 경험에서 길어 올린 시들이 통상의 언어 감각을 유지하면서도 유니크한 시적 발상으로 진솔함을 느낄 수 있다. 추상적인 어휘를 구체적인 어휘로 변환하여 비유의 즐거운 맛을 보여준다.

예를 들면, 산골짝을 흘러내리는 물을 "산 가랑이 사이의 옥샘 양수로(「기대어 밖을 본다」)", 핸드폰을 열면 넘쳐나는 유튜브의 유혹을 "거침없는 물살로 생각을 앗아간다(「유튜브」)", 산중 폐가로 방치된 외딴집을 "고봉으로 피어나던 밥내로부터/ 무시로 두런대던 말소란으로부터(「산중가옥」)", 흘러가는 강물을 "앞 물살에 앞서려 않고/ 뒷 물살이 뒤미는 대로/ 옆 물살 팔장을 끼고 내린다(「강물이 되어」)", 퇴근 시간 엘리베이터의 군상들에 대해서는 "깔나게 차려입은 마나님들이/ 엘리베이터에 소복이 담겨 있다(「즐거운 퇴근」)", 노인 병동의 꺼져가는 목숨에 대해 "삶과 죽음이/ 마디 없이 매끈하게/ 한 결로 이어지기를(「노인병동」)", 로드뷰로 그 시절의 집을 더듬어 가는 "더블 클릭하여/ 가까이서 들여보니/ 매미 허물 같은 헐거운/ 그리움이 붙어 있었다(「거기 그 집」)"

이렇게 김영환의 시들은 독창적인 사유로 독자들에게 시 읽는 즐거움을 선사한다.

2.

김영환은 시적 감성이 풍부하고 표현에 있어서 진솔하다. 일상의 흔한 소재에서도 그의 눈길은 범박하지 않다. 친소(親疏)간에 적당

히 알고 지내는 사람 사이에도 때론 무심한 척 지나치는 사람 사
이에도 그 속내는 예상과는 전혀 다른 낌새들이 읽힌다는 것을 다
음의 짧은 시에서 잘 보여주고 있다.

　　다들 그런 거라네
　　안 그런 척 지나치는 이도

　　한번은 긴히 청하여 물어보았네
　　어찌 그리 평안한 얼굴이냐고
　　화들짝 놀라더군
　　그리 보였냐고

　　　　　　　　　　- 「세상살이는」 전문

　세상 살아가면서 많은 사람을 보게 된다. 그중엔 직장 일로 날
마다 맞대는 얼굴도 많다. 그들 모두가 겉보기엔 평온한 모습들이
다. 그러나 그 속내는 천차만별이다. 어제 부부싸움으로 잠을 설
친 사람도 있고 자녀 성적이 떨어져 고민인 사람도 있고, 오늘 퇴
근 후 데이트를 즐기려는 사람도 있고 아직도 신혼의 꿈에 젖어
들떠 있는 새댁도 있다. 이 시에서도 화자는 말이 통하는 사람에

게 짐짓 안부를 물어본 듯하다. 그런데 돌아온 대답은 뜻밖이다. 전혀 평온한 상태가 아니라는 것이다. 우리 사는 세상살이도 평온을 가장한 삶의 물결에 쉴 새 없이 출렁인다.

현대 시인들은 의미 없는 말장난에만 능숙하지만, 김영환은 말장난 하나에도 깊은 울림이 있다. 다음의 시를 보자.

> 오, 마이 갓!
> 물구나무로 곧추서서
> 치마 펼쳐 하늘을 유혹하더니
> 여수억척 월산댁의 손 매운
> 주먹 소금 세례에 숨 죽어
> 너덜너덜 널브러졌구나
> 염장을 지른 주검에
> 갖은 양념으로 염을 하고
> 꽁꽁 싸매 함초롬 입관해서는
> 출상이 아닌 출하

-「돌산 갓김치」 전문

화자는 밥상에 오른 「돌산 갓김치」를 보고 '돌산 갓'이 아낙의 손맛을 거쳐 상품으로 '출하(出荷)'되는 과정을 '주검'에 '염'을 하고 '출상(出喪)'하는 모습에 비유한다. 출상과 출하의 반어적 표현도 시 읽는 맛을 더한다. '주검', '염', '출상(出喪)' 등의 이미지는 부정적이고 어둡기 마련인데 「돌산 갓김치」에서는 전혀 그런 분위기가 느껴지지 않는, 외려 따뜻하고 환한 말들로 변주된다. 시인의 예리한 관찰력과 창의적인 묘사로 마법처럼 극적인 반전이 이루어진 것이다.

무지렁이
무자격자인 내가
무려 여덟 권째라니

- 「시는 망했다」 전문

시집의 제목이기도 한 이 시는 짧지만 여운이 깊다. 김영환은 정식으로 문단에 얼굴을 알리지 않은 채 무려 7권의 시집을 펴냈다. 등단을 하지 않았으니 그의 말대로 무자격자인 셈이다. 그런데 시를 씀에 있어 자격이 무슨 소용이란 말인가. 시를 쓰면 시인이고, 시인이라도 시를 읽으면 한 사람의 독자일 뿐이다. 그런 그가 8권

째의 시집을 엮으며, '시는 망했다.'라고, 나 같은 무지렁이도 시를 쓰니 시가 온전할 리 있겠느냐 '시는 망했다.'라고 말하는 것이다. 그의 말대로 시는 망했을까? 천만에! '무지렁이조차 시를 쓰니 온 세상이 시로 환하다.'라는, 눈 밝은 독자에겐 잠언적 울림을 주는 역설적 표현이다.

  그런가 하면 김영환은 때론 동심 어린 시선으로 사물을 바라본다. 한겨울날 교외의 4차선 도로에 접한 어느 교회의 벽면에 내걸린, 예수님 얼굴이 그려진 플래카드를 보면서 '예수님 밖에' 계시니 참 추우시겠다. 하지만 "그분께서 데펴 놓은 따뜻한/ 우리네 마음 속에 자리하고 계실" 거라는 발상은 독자 모두를 미소 짓게 한다.

市 시작이자 끝인 경계의
4차선 도로에 임한 교회의
붉은 벽에 올라 붙은 예수님
박힌 플래카드엔 밖에 없다네
암만 그래야지
이래 추운데 한데 계셔서야
열사의 더운 지대 태생이시라서
변변한 털옷 한 벌도 없으실 텐데

가장 춥고 밤 긴 동짓날 태어나신
주님께서 여즉 추운 바깥에 계시진
않겠지요. 그분께서 데펴 놓은 따뜻한
우리네 마음속에 자리하고 계실 터이지요.

- 「예수님 밖에 없습니다」 전문

　요즘 TV 프로그램 중 『나는 자연인이다』가 중년의 남성들에게
큰 인기를 얻고 있다. 도회적 삶의 일상에 쫓겨 출퇴근을 반복하
는 사람들에겐 생업에 시달리거나 직장 상사의 눈치도 없는 그야
말로 유토피아적 삶에 그렇게도 목말라 하고 있다. 그들은 TV에서
그 프로를 보는 것만으로도 카타르시스를 느끼며 힐링에 젖는다.
산에 들어가 산다는 것이 다 이유야 있어서이겠지만 그런 건 차치
하고 몸소 산짐승이 되어 살아가는 70대 노인을 노래한 시 한 편
을 보자.

　산은 책이지요
　땅은 지면이고
　나무는 활자지요

한 해는
봄 기 여름 승 가을 전
겨울 결로 엮는 책 한 권

칠십 평생 철철이
걸망 메고 장화발로
지면 위 활자 사이를
땀 밴 몸으로 읽었지요

지쳐 고개를 들면
잎 사이의 조각 하늘에
한 생각이 비쳐났던가

공자도 맹자도
글로 접한 적 없는,
그러나 말 몇 마디로
공자 후손이 역력해지는
오름 끝 내림 첫 집 반산짐승
공 씨 영감님

—「지리산 공 씨」 전문

"산은 책이지요/ 땅은 지면이고/ 나무는 활자지요" 시작부터 울림이 크다. "한 해는/ 봄 기 여름 승 가을 전/ 겨울 결로 엮는 책 한 권" 어떤가. 산 살이 한 해를 '책 한 권'이라고 말한 사람이 일찍이 있었던가. "칠십 평생 철철이/ 걸망 메고 장화발로/ 지면 위 활자 사이를/ 땀 밴 몸으로 읽었지요// 지쳐 고개를 들면/ 잎 사이의 조각 하늘에/ 한 생각이 비쳐났던가" 겉보기와는 달리 산 살이의 힘듦과 고적함을 읊은 구절이다. 본문에서는 노인이 약초를 캔다는 말이 없지만 우리는 충분히 '걸망 메고' 땀 흘리며 산등성을 오르내리는 약초꾼을 떠올리게 된다. 1연에서 "땅은 지면이고/ 나무는 활자"라고 표현했으니 3연에서 "지면 위 활자 사이를/ 땀 밴 몸으로 읽었지요"라는 묘사는 가히 절창이다. "공자도 맹자도/ 글로 접한 적 없는,/ 그러나 말 몇 마디로/ 공자 후손이 역력"하다는 말은 그가 단순 무지렁이만은 아닌 주관이 뚜렷한 인성을 갖춘 사람임을 엿보게 된다. "오름 끝 내림 첫 집"이라는 표현은 어떤가. '외딴집'이라든가 '독립가옥'보다도 더욱 절절함이 묻어나는 말이다. 산골살이의 고적한 분위기를 나타내는 표현으로 이보다 더 적절한 게 있겠는가?

3.

　김영환은 남들이 하찮게 여기거나 무시하고 지나쳐버리는 일상의 자잘한 쇄말들에 대해서도 시적 긴장을 늦추지 않는다. 김밥한 줄에 천 원이던 '김밥천국'이 언젠가부터 한 줄에 삼천 원이 되자 떠오른 생각을 다음의 시에 담았다.

　　　　죽어 천국이라지만
　　　　가보지 않고 맛보지 못한
　　　　미지의 천국을 쉽게 믿지는
　　　　못하는 의심증 환자인 나는
　　　　가로와 골목을 지키고 섰는
　　　　십자가 아래를 지나쳐 왔지

　　　　멀지 않은 시절 천 원으로
　　　　허기를 메꿀 수가 있었지

　　　　춥고 배고픈 이에게 천국이란

　　　　스뎅 보온 국통의 미원 국물에
　　　　찬과 밥이 멍석말이 된 김밥이
　　　　더없는 은혜이고 복음이었지

김밥천국의 천이 '일천 천'으로
한 줄 천 원으로 창조되었나니
그도 세월에 옆구리가 터져
하늘 천 자로 승천은 아니나
두 계단 올라 三千大計로세

- 「천국」 전문

　최근 물가인상이 심상찮다. 시인은 한 줄에 천 원이던 김밥이 이
제는 삼천 원이 된 시국을 시니컬하게 바라본다. 시의 발화는 '김
밥천국'에서 시작된다. "김밥천국의 천이 '일천 천'으로/ 한 줄 천
원으로 창조되었나니/ 그도 세월에 옆구리가 터져/ 하늘 천 자로
승천은 아니나/ 두 계단 올라 三千大計로세" 여기서 화자에 따르
면 김밥天國이 아니고 김밥千國이다. 천에서 두 계단 오르면 삼천
대계(三天大界)가 아닌 삼천대계(三千大計)라고 풍자한다.

퇴근길 가산디지털 전철역 상가
중국집에서 주문을 넣고
기대의 주방 쪽을 바란다

들려 나온 쟁반에서 내린
흰 대접 하나와 종지 둘로
차려진 단정한 식탁

시커먼 장막에 가리워진
백옥결의 탱글한 가닥을
구조해 내듯이 집어 든다
기대의 그 맛과
아직 변치 않은 입맛에
식후 감사기도를 올린다

눈을 떠도 감아도 시커먼
사위의 틈새를 비집고
희끔한 빛가닥이 들어
버무려지는 새벽

시킨 적 없음에도
간밤에 누군가가
주문을 넣었는지
배달되어 온 오늘

자리에서 일어나 공손한
무릎걸음으로 다가가
기도 끝에 수저를 든다

- 「누군가 오늘을 주문했다」 전문

　화자는 퇴근길에 중국집에 들러 자장면을 주문한다. "들려 나온
쟁반에서 내린/ 흰 대접 하나와 종지 둘로/ 차려진 단정한 식탁"
이다. 면발 대접과 양파와 단무지가 전부인 조촐한 식탁이지만 화
자는 "식후 감사기도를 올린다". 밀레의 만종(晩鐘)이 느껴지는 시
이다. 이어서 "시킨 적 없음에도/ 간밤에 누군가가/ 주문을 넣었는
지/ 배달되어 온 오늘"이다. 새벽의 어스름도 자장면처럼 "시커먼/
사위"이다. "자리에서 일어나 공손한/ 무릎걸음으로 다가가/ 기도
끝에 수저를" 드는, 오늘이라는 이 경건한 메뉴! 독자에겐 신선한
조종(朝鐘)을 울려주는 맑고 깨끗한 시이다.

불 불꽃을 사위고 기다려
솥뚜껑을 열자 눈에 드는
고슬고슬한 흰 쌀밥, 백반

아가의 맑은 두 눈앞에서
눈과 입과 안면근육을 죄다
동원해서 부린 새내기 아빠의
애교가 지쳐 지난 후의, 까르르

한여름의 뜨거운 태양빛
흠뻑 스민 한참을 지나서
붉게 토해내는 단풍, 섭리

눈이 어둡고 귀가 흐려져
뭇 분별이 사라진 치매의
배추흰나비 하늘거리며
하늘로 날아간, 열반

- 「뜸 들이는 시간」 전문

　뜸을 들인다는 것은 일정 시간이 되기까지 기다리는 일이다. 그
것은 지루함의 연속일 수도 있지만, 소기의 목적을 이루기 위한 기
대의 시간이기도 하다. 위의 시에서도 화자는 그 기다림의 순간을
백반이 되기까지, 아기가 까르르 웃기까지, 단풍이 들기까지, 그리
고 한 생이 치매의 분별을 건너 열반하기까지를 담담한 어조로 묘

사하고 있다. 열반에 든 사람이 누구인지는 밝히지 않았지만 치매를 제일 가까이서 지켜보는 사람이라면 부모에 해당할 것이다. 그런 면에서 나이 든 부모님을 둔 사람이라면 더욱 공감하게 되는 시이다. 「뜸 들이는 시간」이 길어질수록 슬픔은 더욱 깊어지지만, 인간의 힘으로는 어쩔 수 없는 천륜이다. 우리 모두는 이 순간에도 배추흰나비처럼 "하늘거리며/ 하늘로 날아"가기 위해 뜸을 들이고 있는 게 아닐까.

이상에서 살펴본 바와 같이 김영환의 시들은 그 바탕에 진한 휴머니티를 깔고 있다. 그의 시에는 진솔함이 있고 인간애가 넘친다. 일상의 자잘한 일들을 꾸밈없이 시화한다. 요즘의 시단엔 자신도 이해할 수 없는 말로 긴 시를 써서 현학적인 체하는 사람들도 많다. 그러나 김영환의 시는 일상의 언어들로 짧은 시에 깊은 사유를 응축해 낸다. 그의 유니크한 발상과 간결한 시적 표현은 독자들에게 큰 공감을 얻기에 충분하다. 왜? 시가 곧 그 사람이기에.